Un agradecimiento especial a Michael Ford

Para Lucas Allan

DESTINO INFANTIL Y JUVENIL, 2018
infoinfantilyjuvenil@planeta.es
www.planetadelibrosinfantilyjuvenil.com
www.planetadelibros.com
Editado por Editorial Planeta, S. A.

Título original: *Silda. The electric eel.*
© del texto: Beast Quest Limited 2013
© de las ilustraciones de cubierta e interiores: Artful Doodlers,
   con un agradecimiento especial a Bob y Justin - Orchard Books 2013
© de la traducción: Teresa Muñoz, 2018

© Editorial Planeta, S. A., 2018
Avda. Diagonal, 662-664, 08034 Barcelona
Primera edición: julio de 2018
ISBN: 978-84-08-19243-5
Depósito legal: B.13.886-2018
Impreso en España – *Printed in Spain*

El papel utilizado para la impresión de este libro es cien por cien libre
de cloro y está calificado como **papel ecológico.**

SILDA,
LA ANGUILA ELÉCTRICA

ADAM BLADE

Traducción de Teresa Muñoz

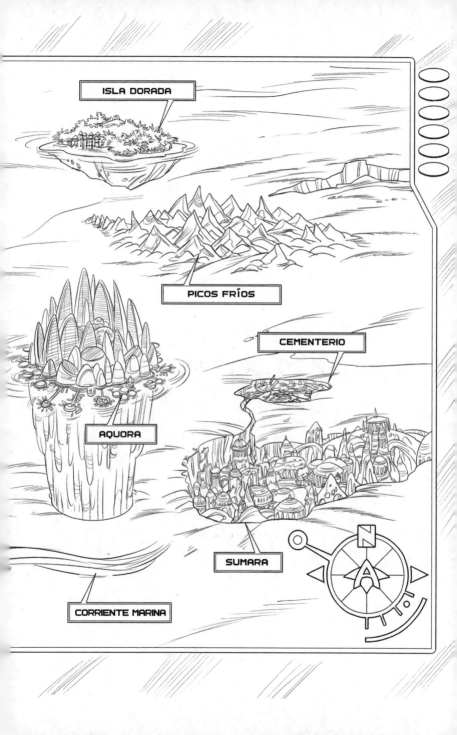

DIEZ AÑOS ANTES...

>*DELFÍN SALTARÍN*, ENTRADA A NIVEL DE
PROFUNDIDAD 176,43

REGISTRADA POR: Niobe North
MISIÓN: Encontrar la legendaria
ciudad de Sumara
LOCALIZACIÓN: A 1.603 brazas de
profundidad
Coordenadas desconocidas

No tenemos mucho tiempo. Esta podría ser
la última grabación que hago. Estamos
atrapados en el fondo del océano y los
dos motores han fallado.

El *Delfín Saltarín* está rodeado de
lombrices marinas. Centenares de ellas.
Nos están atacando. Están arañando el
casco de la nave. Es solo cuestión de
tiempo que lo traspasen. Si Dedrick
no es capaz de arrancar de nuevo los
motores, esto es el final.

Si alguien encuentra esta grabación
algún día…, si alguna vez llega a
vuestras manos, Callum y Max, quiero
que sepáis que os quiero y…

>FIN DEL REGISTRO DE LA ENTRADA

CAPÍTULO UNO

LAS NORMAS DEL MAR

Lia avanzaba montada en su mascota, el pez espada *Spike*, dejando un rastro de burbujas a su paso. El pez espada hizo un giro de 360 grados para presumir. Max aceleró el motor de su moto acuática con un giro de la muñeca y se oyó un rugido.

—¡Sigue así, *Riv*! —gritó.

Su perrobot estaba olisqueando un banco de peces. Agitó la cola metálica al oír la voz de Max.

—¡Cangrejos, Max, cangrejos! —ladró.

—Ahora no —dijo Max.

Rivet estiró la cabeza y los propulsores de sus patas zumbaron al desplazarse para acercarse a ellos.

Rivet no era de lo último en tecnología en lo que se refiere a pescar droides, pero las modificaciones que Max le había incorporado lo habían convertido en uno de los más rápidos.

Lia inclinó el morro de *Spike* y el pez espada se hundió en el agua hacia el fondo marino, dirigiéndose hacia unas rocas cubiertas de percebes.

«Cualquier cosa que puedas hacer... —pensó Max, inclinando su cuerpo hacia delante para seguirla. Siempre había soñado con tener una moto acuática, y esta era una Relámpago X4. ¡Una de las mejores!— ... yo también puedo.»

Spike golpeó con la cola el fondo marino y se levantó una nube de arena. Max impulsó el manillar hacia arriba para pasar por encima mientras frenaba con suavidad, y luego miró

hacia atrás para echar un último vistazo a Sumara.

«Pues no, definitivamente no estoy soñando —pensó—. Este lugar es real.» Las grandes columnas de coral de la ciudad de los merryn se alzaban en el agua, formando torres y edificios. Entre ellos había caminos de rocas, y banderas coloridas de algas ondeaban con las corrientes. Plantas luminiscentes alumbraban las calles del fondo del mar como si fueran antorchas. Max sacudió la cabeza ante tanta maravilla. No podía pensar en otra cosa que no fuera el rascacielos de metal donde vivía. Hasta ayer, la ciudad de la isla de Aquora había sido su hogar.

Muchas cosas habían cambiado en un solo día.

Max había pasado toda su vida sobre el agua. Su padre odiaba el mar, incluso lo temía, desde que su esposa, la madre de Max, había desaparecido con su hermano mientras lo exploraban. Su padre le había contado que antes de que su madre partiera, la gente se había reído de ella. Decían que era una estupidez ir a buscar a los merryn, el pueblo legendario que vivía bajo el mar. Pero ella tenía razón desde el principio. Max lo había descubierto por sí mismo.

Aun así, Max hubiera preferido estar equivocado si eso significaba que su madre había regresado. El submarino de su madre, el *Delfín Saltarín*, no fue encontrado después de haberse dado por desaparecido. Max no tenía ni la más remota idea de lo que les había ocurrido a ella y a su hermano.

«No quiero perder también a mi padre», pensó.

Sintió un calambre en el estómago. Su padre, Callum North, Ingeniero Jefe de Defensa de Aquora, había sido secuestrado por un científico malvado, conocido por los merryn como el Profesor. Personaje que podía controlar a las enormes criaturas del mar con una tecnología avanzada. Max no iba a dejar de surcar los océanos hasta encontrar a su padre.

El Profesor no era amigo de los merryn, en absoluto. Les había robado su tesoro más valioso, la calavera de Thallos, que les otorgaba el poder de controlar el mar. Hasta ahora, Max y Lia habían recuperado una parte de la calavera, pero faltaban tres por rescatar. Sin la calavera, los aquapoderes de los merryn se habían debilitado. No podían luchar contra las robobestias del Profesor, así que Max había aceptado ayudarlos.

Max apretó la mandíbula mientras miraba hacia atrás a la hermosa ciudad. «Me necesitan —se dijo—. Y yo no volveré hasta que la calavera de Thallos esté completa.»

Max levantó la mano hasta las cicatrices de su cuello. Todavía sentía raras las nuevas branquias, pero respirar a través de ellas era tan natural como... bueno, como respirar. Su piel, que debería haberse arrugado como si hubiera estado demasiado tiempo tomando un baño, estaba suave como la seda. *Rivet* llegó a su lado. Los ojos rojos destellando.

—¡Una carrera, Max!

—Ah, ¿crees que puedes ganarme? ¿En serio? —respondió Max.

Rivet ladró y su cola se movió más deprisa, y a continuación se dirigió hacia un montón de algas altas ondulantes. Max aceleró a fondo y salió disparado detrás de él. Un banco de cangrejos se apartó de su camino mientras él esquivaba los tallos de las algas. Frente a él, un calamar desapareció de su vista volviéndose de color naranja por el enfado. Max estaba alcanzando a *Rivet* y aceleró a máxima velocidad.

—Casi te tengo... —murmuró.

Una figura apareció delante de él y lo hizo frenar bruscamente. Salió despedido por encima del manillar. ¿Iban las rocas dentadas a rasgar la carne de su espalda? Afortunadamente, rebotó sobre la suave arena, mareado y confundido. Se volvió y vio a Lia sentada sobre *Spike*, con los brazos en jarras.

—¡Por los siete mares, ¿qué crees que estás haciendo?! —le soltó.

Incluso bajo el agua, Max sintió que se sonrojaba.

—Solo estaba...

—¿Intimidando a criaturas inocentes? —lo interrumpió Lia.

—Perdona —se disculpó Max, avergonzado—. Todo es tan nuevo para mí.

La expresión de Lia se relajó.

—Esto no es un parque infantil para respiradores —dijo—. Necesitamos normas para tocar de pies en el suelo.

—Querrás decir de pies en el agua —bromeó Max.

A Lia no le hizo gracia el comentario.

—Número uno: respetar el océano. No causar daños y no molestar a las criaturas que aquí viven. Número dos: el océano puede ser precioso, pero también entraña muchos peligros, así que ve con cuidado con cada planta y criatura que tengas cerca, independientemente de lo inocentes que parezcan. Y número tres: nunca, nunca, vayas hacia las corrientes marinas.

—¿Qué son las corrientes marinas? —preguntó Max. Acababa de ver a *Rivet* escarbando con su hocico el fondo marino. «No vas a encontrar huesos ahí», pensó.

—Vosotros, los respiradores, no sabéis demasiadas cosas, ¿verdad? —dijo Lia—. Una corriente marina es una franja extremadamente rápida que fluye casi tocando el fondo, es prácticamente invisible, pero si te atrapa puede ser mortal. ¿Me estás escuchando?

La atención de Max regresó de inmediato.

—¿Qué decías? Ah, sí... Uno: respeto. Dos: peligros. Tres...: eh... ¿cuál era la tres?

—Corrientes marinas —dijo Lia.

—Lo he pillado —murmuró Max.

Rivet estaba sacando una brillante concha nacarada de la arena.

—Ahora tengo hambre —dijo Lia, cogió una mochila de malla y palpó en su interior.

Sacó una cosa verde en forma de disco, la partió en dos y le ofreció la mitad a Max.

—¿Qué es esto? —preguntó él.

—Tortita de algas —respondió ella dando un mordisco—. ¡Deliciosa!

Max se llevó la tortita a los labios y le dio un pequeño bocado. Sabía a cartón salado.

—Mmm —fingió, pero el tono lo delató.

Lia se echó a reír.

—Te acostumbrarás. —Le dio un trozo de la tortita a *Spike*—. Y, ahora, ¿en qué dirección se supone que tenemos que ir?

Max llamó a *Rivet*.

—¡Aquí, chico!

Su perrobot dejó caer la concha y nadó hacia él. Max abrió el compartimento de almacenaje de su lomo y cogió la larga y blanca mandíbula de la calavera de Thallos.

La superficie brilló, casi translúcida.

Max la soltó, dejando que flotara en el agua. Rotó lentamente, como si estuviese guiada por corrientes invisibles, hasta que señaló hacia la izquierda.

—¡Ha funcionado! —exclamó—. Encontraremos la siguiente pieza, no te preocupes.

Se disponía a coger la mandíbula cuando... ¡zum!, un gran pez plateado apareció de la nada y le arrebató la pieza blanca. Salió como

una bala antes de que Max tuviera tiempo de reaccionar.

¡Acababan de robarles la mandíbula de Thallos!

CAPÍTULO DOS

CORRIENTES MARINAS

—¡Sigámoslo! —gritó Lia presionando los costados del lomo de *Spike* y alejándose a toda velocidad.

Max subió a su moto acuática y giró el acelerador. La máquina pegó un tirón brutal y el cuerpo se le fue hacia atrás impulsado por la velocidad de la propulsión.

Se puso detrás de Lia. El pelo plateado ondulaba por encima de su espalda. El pez brillaba mientras avanzaba mar adentro por

delante de ellos. Atravesaron un banco de pequeñas medusas moradas, luego se sumergieron entre una bandada de mantarrayas.

El ladrón no se rendía. Con un movimiento de la cola hacia la derecha hizo que Max casi perdiera el control de la moto mientras conducía a toda velocidad.

¡No podía dejar escapar al pez ahora! ¿Quién sabía dónde estaba *Rivet*? No importaba. Seguro que los estaba siguiendo.

El pez se dirigía a una zona de agua reluciente. Max se inclinó hacia delante en el sillín para agarrar con la mano la cola del pez. Pudo oír a Lia que gritaba algo a su espalda.

—¿Qué pasa? —le preguntó él también a gritos.

—¡Es la corriente marina! —le advirtió ella.

Demasiado tarde. El pez dio un tirón hacia la izquierda y, un segundo después, Max chocó contra la extraña corriente ondulante. La fuerza del agua los lanzó a él y a la moto a un lado como si fuera un enorme puño. Los propulsores de la moto rugían y chirriaban

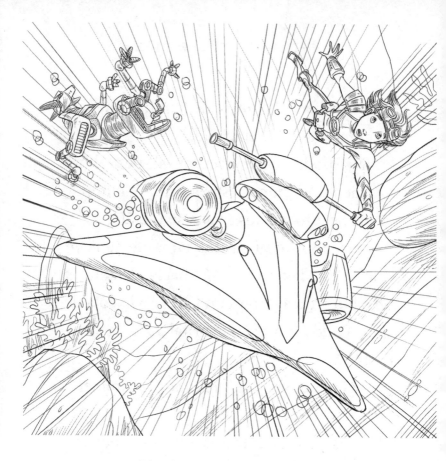

mientras él luchaba por redirigirla, pero no tenía ninguna opción contra la fuerza de la corriente. Esta lo lanzó fuera del sillín, de modo que solo se sujetaba al manillar con una mano, con los nudillos blancos a causa de la fuerza con que se agarraba. El otro brazo se sacudía sin control y de repente le resultó difícil expulsar el agua por las branquias. Sintió que se estaba ahogando.

Pedruscos y arbustos marinos le pasaron por ambos lados mientras la corriente lo arrastraba hasta que lo hizo rebotar contra el fondo del mar. Max pudo ver destellos del pez plateado, que también había sido arrastrado por la corriente, pero siempre por delante. También vio a *Rivet*, que ladraba como un loco mientras daba vueltas y vueltas como un remolino con los propulsores de las patas totalmente inútiles y la cola oscilando de aquí para allá.

«¡Por lo menos estamos juntos!», pensó Max. Pero no podía respirar y sentía que los pulmones se le estaban aplastando. Iba a ser una manera terrible de morir. ¿Se le habían concedido los poderes merryn para acabar ahogado? Unos puntos negros empezaron a aparecer en los límites de su visión.

No habría nadie para detener al Profesor.

«Lo siento, papá —pensó—, te he fallado...»

Una mano le agarró el brazo. A través de una cortina de burbujas vio la cara de Lia, con los dientes apretados mientras tiraba de él hacia ella. Lo siguiente fue que notó que se movía de lado y el zumbido de los oídos había desaparecido. A medida que su visión se volvía más clara, vio restos de algas flotando por encima de su cabeza, un pez boca arriba nadando delante de él. Le tomó un momento entenderlo, pero... el fondo marino estaba sobre su cabeza. Estaba flotando boca abajo.

—Me estoy mareando —masculló.

Lia lo agarró por ambos brazos y le dio la vuelta. Flotaba delante de él.

—¡Oriéntate! —le ordenó—. ¡Concéntrate! Es importante. No quieres morir aquí abajo, ¿verdad?

A Max le dolía la cabeza, pero la sacudió.

Miró alrededor y vio el canal de la corriente marina que pasaba ondulante como la calima.

Se hallaban en un cráter pequeño y poco profundo, con paredes de arena a cada lado. La moto acuática descansaba a poca distancia, medio enterrada en la arena, como una especie de barco hundido de última generación.

—¿Qué hay de *Rivet*? —preguntó.

Una serie de cortos ladridos hicieron que se volviera. *Spike* estaba nadando por encima de la cresta alejándose de la corriente marina, y *Rivet* se agarraba a su aleta dorsal con las patas delanteras. El pez espada giró en el agua soltando al perrobot, y entonces le dio un golpe en la parte trasera con su poderosa aleta. *Rivet* nadó con movimientos torpes hacia ellos, sus ojos miraban en direcciones distintas, pero su cola se estaba moviendo.

Max asestó un puñetazo en la cabeza del pe-rrobot y sus ojos volvieron a centrarse.

—¡Max, divertido! —ladró *Rivet*—. ¡Otra vez!

—No lo creo, *Rivet* —repuso Max—. Nos ha faltado poco... —Se volvió hacia Lia—. Estuviste increíble. Graci...

La merryn le puso el dedo en el pecho.

—¿No te lo dije? —lo riñó—. ¡Regla número tres! ¿Tan corta es la memoria de los respiradores?

—Lo sé, lo siento —se disculpó Max—, pero en realidad no me dijiste qué aspecto tenía una corriente marina.

—No puedo creerme que haya ido detrás de ti —dijo Lia golpeándose la frente—. Puedes sentirte afortunado, Max. La próxima vez podría ser diferente.

Max sintió como la culpa se le instalaba en el estómago. Lia estaba realmente enfadada, y todo porque él no era capaz de recordar tres sencillas normas.

—Lo siento —repitió—. Y gracias. De verdad. Me has salvado la vida.

—Por segunda vez.

—Por segunda vez, sí —asintió Max—. Pero vamos, no voy a besar tus pies de aleta.

Lia puso los ojos en blanco.

—¡Respiradores! —murmuró.

Max nadó hacia su moto acuática, tirada en el fondo del mar. La levantó y comprobó los mandos. Afortunadamente no parecía averiada, aparte de la pantalla agrietada de la válvula de profundidad. Podría arreglarla con facilidad cuando tuvieran tiempo de descansar.

—Hemos perdido la mandíbula —dijo Lia mirando fijamente al vacío por donde el pez había desaparecido. Parecía que estaba a punto de llorar—. He defraudado a mi padre.

Max se dio cuenta de que la misión significaba tanto para ella como para él. Su padre era el rey de los merryn, y había puesto toda su confianza en ellos dos. *Spike* se volvió hacia ella y la acarició.

—Puede que encontremos otra vez al pez si seguimos la corriente marina —dijo Max—.

O puede que suelte la mandíbula cuando se dé cuenta de que no se la puede comer. —Arrancó los motores de la moto y subió hasta el borde del cráter—. ¡Vaya! —jadeó cuando llegó arriba—. ¡Ven a ver esto!

Lia guio a *Spike* hacia él y juntos se encaramaron al borde del cráter, a las corrientes cálidas y suaves. Lia también jadeó al verlo. El agua que tenían delante era casi azul cielo, estaba llena de plantas y peces con más coloridos de los que Max había visto nunca. Había serpientes marinas escarlata nadando en el agua, y langostas de ojos verdes que se desplazaban por el fondo marino en hileras. Sobre todo ello había un gran muro de coral blanco brillante cuyos pequeños salientes destellaban como un millón de diamantes. Se levantaba desde el fondo del mar hasta más arriba del punto al que a Max le alcanzaba la vista.

—¿Qué es este lugar? —preguntó.

—No lo sé —respondió Lia—. ¡Pero es precioso!

Rivet apareció de pronto entre los dos y se arrojó de cabeza sobre una alfombra de algas negras. La espesa oscuridad se removió y soltó una nube de arena sobre la cola movediza del perro. Cuando emergió, estaba sujetando al pez plateado en su mandíbula, y en la boca del pez había...

—¡La mandíbula de Thallos! —exclamó Lia.

—El pez solo se estaba escondiendo. ¡Bien hecho, *Rivet*! —gritó Max. Miró a Lia y vio que lucía una enorme sonrisa.

Rivet nadó hacia ellos con el pez removiéndose en su boca. El pez tenía unos dientes afiladísimos, y Max no estaba deseando precisamente meterle la mano en la boca para sacarle la mandíbula, pero tan pronto como tocó el trozo de calavera, el pez la soltó sin oponer resistencia.

—Qué extraño —dijo Lia—. Es casi como si la calavera controlara al pez.

—Será mejor que sueltes esta pieza —le dijo Max al pescador droide.

Rivet se quejó pero abrió la boca. El pez se largó, presa del pánico pero sin heridas.

Max dejó que la mandíbula flotase en el agua. Brilló con un azul pálido y se inclinó para señalar hacia la parte más alta del enorme acantilado blanco.

—Parece que vamos en esa dirección —dijo Lia.

—No lo entiendo —reflexionó Max—. ¿Por qué se detuvo el pez aquí?

—Tal vez el poder de la calavera lo estaba guiando —apuntó Lia encogiéndose de hombros.

—No se estaba escondiendo muy bien,

¿verdad? No si *Rivet* pudo encontrarlo. Tal vez la calavera lo trajo hasta aquí. Si es así, es posible que la siguiente pieza esté cerca.

Max sintió un escalofrío, a pesar de que el agua era cálida. Si la segunda pieza de la calavera estaba cerca, también lo estaba la aquafiera. Miró a sus tres compañeros. Céfalox, el cibercalamar, casi los había derrotado. «¿Estamos preparados para enfrentarnos al Profesor otra vez?», reflexionó para sí.

CAPÍTULO TRES

EL PEZ PARGO

Mientras contemplaban el imponente coral blanco, Max presionó el botón verde que *Rivet* tenía detrás de la oreja y el compartimento trasero del perrobot se abrió. Max colocó la pieza de la mandíbula en su interior y cerró el panel.

—Cuídalo bien, chico —dijo.

Rivet emitió un gemido electrónico.

—Miedo, Max.

—Sí, lo sé —dijo este—. Yo también tengo miedo.

—Vámonos —indicó Lia.

Spike se levantó, abrió bien los ojos, y la chica merryn se agarró a su aleta. Max se montó en la moto acuática y se puso a su lado. De cerca vio que los arrecifes de coral no eran tan lisos y sólidos como parecían. El coral

crecía en espiral y formaba ramificaciones, creando unos efectos que hicieron que Max viera borroso. Había miles de agujeros que se metían muy adentro en el coral. Peces diminutos nadaban entre ellos, entrando y saliendo de los mismos. Había trozos de algas por aquí y por allá pegados a las paredes. Max vio un pez camaleón arrimándose al coral, y sus escamas pasaron del marrón al blanco de tal manera que ya no podía decir dónde estaba. Puntitos destellantes brillaban como cristales pulidos. La piedra parecía casi caliente y viva. Max acercó la mano para tocarla.

—No lo hagas —le advirtió Lia.

Max sintió un dolor agudo en la palma de la mano.

—¡Au! —Apartó la mano y vio una nube de sangre manar del corte.

Lia suspiró e hizo girar a *Spike* para ponerse enfrente del chico.

—¿Cuál era la regla número dos? —preguntó.

Max intentó recordarla.

—¿No comer calamares?

Lia levantó las cejas y *Spike* soltó una nube de burbujas.

—El océano está lleno de peligros —dijo ella—. Todo puede ser una amenaza. Debes estar alerta. —Se bajó de *Spike* y nadó hacia la pared rocosa. Arrancó varias hebras de algas grises—. Sujétate la mano. —Max hizo lo que le decían, y Lia le puso las algas por encima del corte de la palma. Se pegaron a su piel como si fuera cera derretida—. Lo llamamos hoja de coagulación —dijo metiendo los pedazos sobrantes en su bolsa de malla—. Hará que se te cierre la herida.

—Gracias —dijo Max.

Rivet ladró, y dio un giro completo en el agua como si persiguiera a su propia cola.

—¡Peligro, Max!

—Parece que *Rivet* tiene problemas —dijo
este—. Esa corriente debe de haberle hecho
perder la chaveta.

Lia negó con la cabeza y olisqueó el agua
con la nariz levantada. Miró hacia abajo y se
le abrieron los ojos como platos.

—A *Rivet* no le pasa nada —dijo—. Tenemos que irnos... ¡rápido!

—¿Por qué? —Max se volvió pero no pudo
ver nada.

Lia señaló hacia abajo con la mano abierta. Ahora Max los vio. Tres formas oscuras
se deslizaban por el agua más abajo. Tragó
saliva.

—Pargos —dijo Lia—. Vámonos.

Max giró el acelerador y salieron disparados hacia arriba. *Rivet* levantó las patas delanteras y sus propulsores traseros zumbaron a toda velocidad.

—¿Qué son los pargos? —gritó Max por encima del ruido de los motores de la moto.

—Feroces depredadores marinos —le respondió Lia—. Detectan la sangre a millas de distancia. Deben de haber olido la tuya.

Max se dio la vuelta y vio al pez que ascendía directo hacia ellos, era amarillo y tenía

unos ojos separados y relucientes sobre sus fuertes mandíbulas. Estaban fijos en él.

—¡Nos están alcanzando! —gritó.

Lia, que estaba justo delante, se dirigió hacia el coral moviéndose entre las irregulares formas salientes.

—¡Casi nada puede correr más que un pargo a mar abierto! —gritó—. ¡Busca un paso entre el coral!

Pero todas las aberturas eran demasiado pequeñas. Max miró hacia atrás por encima del hombro. Por un momento pensó que podrían escapar de sus perseguidores, pero entonces dos pargos rodearon un nacimiento de coral. Vio como se juntaban y se dirigían hacia él.

—Hemos perdido uno —dijo.

—No —repuso Lia—. Trabajan en equipo... Aparecerá por arriba.

Spike olisqueaba buscando una ruta por

donde escapar. Mientras *Rivet* iba zumbando a su lado, Max tuvo una idea.

—¡Quédate quieto, *Riv*! —dijo tendiendo una mano hacia delante y sujetando el manillar de la moto acuática con la otra. Abrió el compartimento del lomo de *Rivet* y sacó la mandíbula.

«Será mejor que esto funcione», pensó. Iba a poner todas sus esperanzas en la fuerza misteriosa de la calavera de Thallos. Y, entonces, la mandíbula giró hacia la izquierda. Max dejó que la moto se colocara también en esa dirección.

—¡¿Adónde vas?! —gritó Lia.

—¡Por aquí! —le respondió él.

La mandíbula lo guio hacia lo que parecía un amasijo de algas escarlata que cubría la placa de coral. Max se metió con cuidado entre las algas y las separó. Cuando miró a través de ellas, vio un espacio negro más allá.

¡Un pasillo! Tal y como había imaginado... la calavera los había ayudado. Era casi como si supiera cuándo estaban en peligro. Pero ¿sería el hueco lo suficientemente grande? Max se guardó la mandíbula y se dirigió a apartar las algas de la entrada. *Rivet* también ayudaba arrancando pedazos enteros con sus mandíbulas metálicas. Lia agarró un puñado y miró por encima del hombro. Su rostro palideció.

—¡Más rápido! —dijo—. Están llegando.

Mientras Max seguía arrancando algas vio un agujero tan grande como las alcantarillas de la ciudad de Aquora.

—Vas a tener que dejar la moto —dijo Lia.

Max asintió.

—Tú primero.

Impulsándose con los pies, Lia se metió por el agujero. *Spike* retrocedió haciendo un gesto hacia el agujero con su espada.

—¡Ahora tú! —chilló Lia.

Max vio el brillo amarillento de los ojos que se acercaban. El pez pargo que iba por delante era por lo menos tan grande como él. Max se impulsó hacia la entrada sintiendo el cortante coral en los dedos. Se arrastró por el hueco con el coral rasgándole los costados. Lia lo cogió de las manos y tiró de él el resto del camino. *Rivet* fue el siguiente en lanzarse, ladrando como un loco, y *Spike* fue el último de todos. Max se encontró en una enorme caverna blanca que brillaba por todas partes. El agua estaba fría y borrosa por las nubes de plancton que se desplazaban flotando en la calma. Más allá vio la entrada a otro gran túnel. Lia estaba mirando hacia la entrada.

—¡Apártate, rápido! —le chilló a Max.

Se impulsó por el agua moviendo las piernas con fuerza, y se volvió para ver al primer pargo abriéndose camino por el pasillo, sacudiendo su cuerpo de un lado a otro y haciendo rechinar los dientes. No había tiempo de bloquear la entrada. El depredador se metió en la cueva seguido de sus dos amigos. Sus cuerpos grises y musculosos estaban llenos de cicatrices y escamas pequeñas y gruesas. Seis ojos amarillos hambrientos siguieron a Max y a Lia. Los peces abrieron las mandíbulas y mostraron filas de dientes como agujas.

«Me arrancarían la cabeza en un suspiro», observó Max.

Spike irrumpió en el agua, protegiendo a Max y Lia con su cuerpo y moviendo, amenazante, su nariz-espada de un lado a otro. Los pargos lo vieron y sus feos cuerpos se quedaron quietos.

Spike salió disparado directo al centro del grupo. Los pargos se dispersaron y luego

atacaron. Uno clavó los dientes en su cola, y otro agarró su prominente espada. *Spike* se revolvió pero no pudo liberarse. Un tercer pargo se acercó y su mandíbula se cerró sobre el lomo de *Spike*.

—¡No! —gritó Lia.

El pez espada se retorcía de dolor mientras los pargos lo atacaban.

Max no tenía ninguna arma. Se había dejado la superespada guardada en la moto acuática. Y si no hacía algo pronto, *Spike* estaría acabado.

CAPÍTULO CUATRO

EL BARCO HUNDIDO

Las burbujas brotaban de las branquias de *Spike* mientras luchaba. *Rivet* ladraba y saltó a la acción, golpeando a uno de los peces con el morro. El pargo era más grande que todo lo que había pescado nunca el perrobot, pero al menos lo podría distraer. El pez retrocedió buscando otro ángulo de ataque. *Rivet* golpeó de nuevo bajando la cabeza y embistiendo con la parte plana de su cráneo metálico contra el costado del que es-

taba mordiendo a *Spike*. El enorme pez se retorció de dolor y relajó las mandíbulas lo suficiente para que *Spike* se liberara. ¡Sí! Ahora todo lo que tenían que hacer era escapar... Max miró alrededor. Más hacia el interior de la cueva vio un reflejo metálico. No, no era solo un reflejo. Sus ojos fijos seguían la línea de algún tipo de nave. No podía ser. ¿Había gente allí abajo?

—Espera un segundo —gritó Max.

—¿Qué? —exclamó Lia—. ¡Te necesitamos aquí!

El chico nadó hacia la nave pataleando con fuerza. Estaba abandonada: un submarino descansando en la base de una gruta en forma de ángulo, entre trozos rotos de coral. Las algas crecían por todo el casco. Unos pocos ojos de buey estaban a la vista, los vidrios verdes por las algas. Max vio una rasgadura en el casco metálico del submarino. Los escombros flotaban alrededor. Había una brújula oxidada y diferentes tipos de ropa. ¿Qué les había pasado a los pilotos? El modelo de submarino no era ninguno de los que Max hubiera visto antes. Era antiguo y probablemente construido hacía muchos años. Encontró la escotilla principal (la escotilla «seca») para entrar en el submarino desde un espigón en la superficie. Había otra escotilla en la parte

inferior (la escotilla «húmeda») que tenía una cámara de aire estanca para entrar y salir de la nave por debajo del agua.

«Tal vez nos podamos refugiar ahí dentro —pensó Max—. O tal vez...»

—¡Lia! —Le hizo un gesto con la mano—. ¡Aquí abajo... todos!

Tiró de una palanca y la escotilla seca se abrió. Una nube de agua marina turbia burbujeó por encima de Max. Él se deslizó hacia abajo a través de la escotilla abierta. Lia y *Rivet* fueron rápidos hacia el submarino. *Spike* llegó el último, todavía luchando contra uno de los pargos y con dos más a su cola. Apartando paquetes de comida y viejos y andrajosos trajes de buceo, Max los guio a través de la parte central del submarino hacia la cámara de aire de la escotilla húmeda. Pasó una puerta batiente y descubrió un arpón al otro lado. Lo agarró por si acaso. Nadó hacia la escotilla húmeda.

—¡Por aquí! —gritó.

Se apelotonaron en la cámara de aire. *Spike* se volvió y entró el último, liberándose del pargo que quedaba. Este se lanzó hacia ellos con la boca abierta. Max golpeó con la palma de la mano el botón rojo de cierre, y la puerta obedeció cerrándose herméticamente. El pargo chocó de cara contra el panel de visión, embadurnándolo con pegajosas babas negras.

—Pez malo —ladró *Rivet*.

—Sí, pez malo —dijo Max acariciándole la cabeza—. Pero de momento estamos a salvo. Bien hecho por rescatar a *Spike*.

Detrás de ellos estaba la escotilla húmeda exterior, que quedaba de cara a la gruta.

Lia pasó la mano por el costado de *Spike*. Sangraba por las heridas de los mordiscos.

Los ojos del pez espada parecían apagados y sin color.

—¡Pobrecillo! —suspiró ella—. Nos ha salvado la vida.

—¿Y qué hay de las algas para coagular? —le preguntó Max.

—¡Bien pensado! —exclamó ella.

Sacó las algas y le dio un puñado a Max. Entre los dos colocaron los apósitos sobre las heridas de *Spike* y el sangrado se detuvo al instante. Fuera, los pargos habían dejado de golpearse contra el cristal. *Rivet* ladeó la cabeza hacia Max como diciendo: «¿Y ahora qué?».

—Estoy pensando lo mismo —dijo Lia.

—Nosotros estamos aquí y ellos están ahí fuera. Tan pronto como intentemos escaparnos otra vez, seremos su comida.

Max echó un vistazo a los controles y vio el botón que decía «liberar la cámara de aire». Sonrió.

—Ayudadme a sacar este panel.

—¿Por qué?

—Es hora de hacer un recableado.

Usó la punta del arpón para levantar un poco el panel, entonces Lia metió los dedos bajo el borde. Haciendo fuerza con los pies contra la pared, por fin lo arrancó. Debajo había un amasijo de cables de diferentes colores encima de una placa base.

Esto era tecnología antigua, la clase de cosas que le había enseñado su padre cuando era niño. Max encontró el cable que quería: rojo con rayas azules, y lo pescó con los dedos.

—¿Estás seguro de que sabes lo que haces? —le preguntó Lia.

Max sonrió.

—Tú puedes saber los nombres de miles de especies de estrellas de mar —dijo él—, pero yo sé una cosa o dos sobre ingeniería.

La verdad era que no estaba al cien por cien seguro de que aquel fuera el cable correcto. Cortar ese circuito podía cerrar la escotilla seca, bloqueando a los pargos en la cámara principal del submarino, o abrir la puerta que ahora los estaba reteniendo.

Lo primero significaba vivir; lo segundo… la muerte.

Cerró los ojos y tiró del cable. Se rompió. A través del cristal pudo ver cerrarse la escotilla principal. Los pargos también lo vieron, y salieron disparados en círculos presos del pánico alrededor de la cámara cerrada.

—¡Sí! —exclamó Max. Accionó la abertura de la escotilla húmeda y de la cámara de

aire que conducían hacia la gruta, y la compuerta se abrió sin dificultad.

A Lia se le desencajó la mandíbula.

—Guau —dijo admirada.

Salieron nadando por la escotilla húmeda. *Spike* hizo un tirabuzón de felicidad. Y Max se alegró de volver a verlo bien.

Rivet nadó frente a las escotillas provocando a los pargos, que se habían quedado encerrados dentro. Se volvió hacia Max:

—¡Peces estúpidos! Max listo —ladró.

—Hemos tenido suerte de encontrar el submarino —dijo el chico—. Pero no entiendo... ¿por qué vendría alguien hasta aquí abajo?

—Seguramente para buscar piedras preciosas —apuntó Lia mientras se subía al lomo de *Spike*.

—Me pregunto por qué se estrellaron.

—Los respiradores pueden ser valientes, pero también son estúpidos —recalcó ella—.

Regla número dos, ¿recuerdas? No respetan el mar.

—Me gustaría saber qué les pasó—comentó Max, recordando las prendas de ropa que flotaban en la cámara del submarino—. ¿Crees que volvieron a la superficie?

—Lo dudo —repuso Lia—. La presión aquí abajo es demasiado alta para los respiradores. Seguramente se ahogaron y proporcionaron un buen festín a los peces.

Max se estremeció. La cara de su madre le vino a la mente, como en las pesadillas que sufría en las que la veía ahogándose.

—Sigamos —dijo apartando todas esas imágenes de la cabeza.

Llamó a *Rivet*, sacó la mandíbula y la dejó flotar en el agua. Confiaba en la calavera de Thallos ciegamente, se acababa de dar cuenta. Esta se iluminó y giró para señalar el profundo túnel que él había visto al otro lado de la gruta, adentrándose en las antiguas cuevas de coral. Max metió el arpón en el arnés de *Rivet*. Sin su moto acuática, nadó detrás de sus amigos. Respiró hondo mientras entraban en el túnel que los llevaría al corazón de aquel laberinto de coral.

—¡Muy bien, aquafiera! —masculló Max—. ¡Vamos a por ti!

CAPÍTULO CINCO

LABERINTO

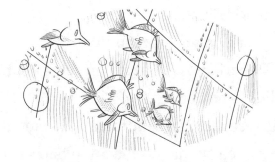

Max y Lia nadaron a lo largo del túnel. La única luz provenía de la mandíbula luminosa.

Rivet encendió la linterna de su hocico, y el camino se iluminó de un rojo tenue. Los peces desaparecían de la vista y cientos de conchas rosa reflejaban la luz del suelo del túnel. Algas amarillas rozaban los pies de Max.

Gracias a la linterna, Max pudo ver que un poco más adelante el camino se bifurcaba.

El de la izquierda descendía hacia el brillante coral blanco. El otro, el de la derecha, giraba ligeramente hacia arriba y conducía a otra cueva destellante.

—¿Por dónde? —preguntó.

—Deberíamos confiar en el poder de Thallos —respondió Lia.

Max sujetó la mandíbula suavemente y esta giró en su mano señalando hacia el desvío de la izquierda. Estaba a punto de seguir nadando cuando se dio cuenta de que Lia se había detenido.

—¿Qué pasa?

Ella miraba fijamente hacia el túnel.

—Bueno, podemos seguir a la calavera por el interior del laberinto, pero ¿cómo vamos a encontrar luego la salida?

Lia tenía razón.

Sumergiéndose hacia el suelo del túnel, Max recogió algunas conchas rosa y luego pasó por delante de Lia y se dirigió hacia el túnel de la izquierda. Cada par de brazadas dejaba caer una de las conchas al suelo.

Cuando las había esparcido casi todas se dio cuenta de que Lia se estaba riendo.

—¿Qué es lo que te hace tanta gracia? —preguntó él—. ¿No lo pillas? Estoy dejando señuelos para que podamos encontrar el camino de vuelta.

—¡Perdona! —Lia se tapó la boca con su mano palmeada y señaló a los pies de Max con la otra—. ¡Mira!

El chico miró hacia abajo. Una a una, a las conchas rosadas pareció que les salían patas de cangrejo y se largaron.

—Vale —dijo él—. Y entonces ¿qué podemos usar?

Lia nadó hacia el fondo y arrancó un capullo de una de las algas amarillas.

—A esta la llamamos girasol —dijo ella—. Solo crece en este tipo de coral, así que es muy rara.

Mirando más de cerca, Max vio que los pétalos de la flor eran en realidad vainas largas.

—¿Y cómo nos puede ayudar? —preguntó.

Lia apretó una de las vainas entre los dedos. Esta reventó y soltó una tinta de un

amarillo brillante que se quedó suspendida como una nube en el agua. *Rivet* ladró con sorpresa y nadó hacia delante para oler la sustancia luminosa.

—¡Guau! —exclamó Max.

—El polen durará unas cuantas horas —dijo Lia dándole algunas vainas a Max—. Vamos.

Se apresuraron hacia la inquietante oscuridad, reventando vainas para dejar rastro en el agua, y sumergiéndose de vez en cuando para recoger más girasoles. Había menos peces allí, y pronto incluso desaparecieron las algas. Max sintió corrientes de agua extrañas que lo desplazaban de un lado a otro, como el latido de un corazón. *Spike* debió de notarlo también, porque a cada vibración arrugaba la nariz.

—¿Qué es eso? —preguntó Max.

Lia negó con la cabeza.

—Nunca antes había notado nada como esto.

Una cosa era cierta: las vibraciones que les llegaban a través del túnel eran cada vez más fuertes, como un tambor que resuena cada vez más cerca. Al cabo de poco, Max notó que las paredes empezaban a temblar. La linterna del perrobot todavía no había detectado nada que no fuera el serpenteante y pálido túnel.

Max sintió un cosquilleo en los pelos de la nuca. Mientras, la mandíbula giró en su mano, señalando detrás de ellos.

—Eh... Lia —dijo—. Lo que quiera que sea esto, no creo que venga de delante de nosotros.

Ella se detuvo y se volvió. Otro impulso los sacudió. El pelo plateado se le apartó de la cara.

—Tienes razón —susurró—. Continuemos... Si tenemos que luchar adecuadamente, no podemos permitirnos quedarnos atrapados aquí.

Nadaron más rápido, y a pesar de que Max miró hacia atrás varias veces, no podía ver nada. Los estruendos sonaron más fuertes y más frecuentes, como si fuera el eco de sus palpitaciones. No había ningún tipo de duda...: algo venía tras ellos.

—Malo, Max —dijo *Rivet*, y su micrófono se silenció.

El pasillo se iba haciendo más estrecho cuando, de repente, desembocó en otra gruta. Era enorme. Max se acercó a una de las paredes grises y se quedó sin aliento. Estaba hecha de metal, enormes placas curvas y atornilladas entre sí. ¡Era como si estuvieran dentro de una enorme esfera metálica!

—Esto no ha sido construido por los merryn —dijo Lia pasando los dedos por encima.

En la mano de Max, el fragmento de la calavera de Thallos se iluminó de un azul brillante. Se desplazaba de vuelta hacia el túnel por donde habían venido.

—Tiene que haber otra salida —dijo Max—. No podemos volver por allí.

Guardó la mandíbula en el compartimento de *Rivet* y nadó hacia el fondo de la gruta, a la búsqueda de una salida. Incluso el suelo estaba hecho de metal, cubierto de una ligera capa de arena. Sus ojos todavía se estaban acostumbrando al brillo cuando la linterna de *Rivet* alumbró algo blanco, y Max distinguió los huesos de un gran esqueleto. Y luego... las costillas de algún tipo de criatura roídas hasta quedar limpias. Lia temblaba a su lado.

—Esto es un cementerio —musitó ella.

El chico cogió las gafas de infrarrojos del compartimento del lomo de *Rivet*. Tan pronto como se las puso, se quedó sin aliento. El suelo de la gruta estaba cubierto de los restos de docenas de criaturas marinas. Algunas parecían haber sido humanas, pero otras

tenían los pies y los huesos de las manos de
los merryn. También había armas, arpones,
desintegradores e incluso un lanzatorpedos
portátil.

Todo estaba oxidado o roto.

—Es como si todos hubiesen venido aquí a luchar contra algo —dijo Max.

—Y perdieron —añadió Lia.

Max recordó el submarino vacío y se estremeció.

Un estruendo procedente del túnel hizo que los huesos temblaran y las grandes paredes de metal se sacudieran.

—Está cerca de aquí —dijo Max.

Lia hurgó entre los escombros y los esqueletos y sacó una lanza de un blanco reluciente.

—Una lanza de caza de los merryn —dijo—, hecha de perlas. Un arma antigua pero poderosa. Mi abuelo usaba una.

Max ascendió nadando para encararse hacia la oscura boca del túnel.

—Quédate detrás de mí —dijo—. Un arpón hará más que una vieja lanza.

Con un ligero movimiento de las aletas de los pies, Lia se puso a su lado.

—Nos enfrentaremos a esto juntos —dijo ella.

Otro estruendo hizo estremecer el agua a su alrededor. Lia puso una mano en el costado de *Spike*.

—Sé valiente.

Max acarició el lomo de *Rivet*.

—Eres un buen chico —le dijo.

Una enorme masa llenó el túnel que tenían delante.

La robobestia había llegado.

CAPÍTULO SEIS

ENEMIGO ELÉCTRICO

Una cabeza casi tan ancha como el túnel emergió a través del agua. La piel de la criatura era tan suave y blanca como una piedra de playa, y brillaba en la tenue luz.

Max y Lia retrocedieron.

Dos ojos diminutos como dos piedras negras mate que no parpadeaban los observaban. Enormes cantidades de carne serpenteante se desparramaron en la oscura gruta.

«¡Es una anguila gigante!», pensó Max.

A medida que la criatura se deslizaba desde el túnel, su cuerpo se enroscaba ocupando casi toda la gruta. Su cabeza se posó sobre su cuerpo y sus labios se separaron y revelaron hileras de dientes puntiagudos y afilados. Max descubrió un arnés robótico en la nuca, justo como el que llevaba Céfalox, el cibercalamar. Al lado del cuerpo de la anguila se veían piezas de metal y gruesos cables: eran los mecanismos a través de los cuales el Profesor controlaba a su esclavo. Y en lo más alto del arnés, debajo de una cúpula de cristal, estaba la segunda pieza de la calavera de Thallos. Max la miró más de cerca...: era una cavidad ocular y un trozo de pómulo. Lia levantó la lanza de perlas y Max, el arpón.

—¿Por qué no nos ataca? —siseó él.

Tras un clic y un zumbido, se abrió un compartimento del arnés. Una esfera roja, como la que Max había visto en el tentáculo de Céfalox, los enfocó más de cerca. Pestañeó como un ojo.

—Hola, Max —dijo una voz profunda y distorsionada por la electricidad—. Bienvenido a la guarida de Silda.

—¿Quién eres? —gritó Max lo suficientemente fuerte para disimular su miedo.

—Puedes llamarme... Profesor.

Max sintió que se le removía el estómago al oír el sonido de la voz de su enemigo. Se dio cuenta de que no había espacio para que el Profesor se escondiera en el cuerpo de la anguila. «Debe de estar controlándola a distancia», pensó Max.

—¿Cómo es que el Profesor sabe tu nombre? —le susurró Lia.

—No lo...

—Tu padre me dijo que eras listo —continuó diciendo la voz—, pero ahora empiezo a dudarlo. Has venido directo a mi trampa.

«¿Trampa?»

Max miró a Lia y luego a las paredes de metal. Solo había una salida y tenían que pasar al lado de Silda para llegar hasta ella.

—¿Dónde está mi padre? —preguntó Max.

—A salvo —dijo el Profesor—. De momento. Que es más de lo que puedo decir de vosotros dos. No hay escapatoria. La guarida de Silda será vuestra tumba.

Max levantó el arpón.

—Eso ya lo veremos.

—Ah, mi vieja arma —dijo la voz—. Me trae recuerdos.

«Pues claro», pensó Max.

—¡El submarino hundido era tuyo!

«¿Cómo no me había dado cuenta antes? Ahora entiendo que no hubiera cuerpos en el interior.»

Rivet salió disparado hacia delante con sus propulsores y clavó los dientes en la cola de Silda. Un estallido de luces azules recorrió

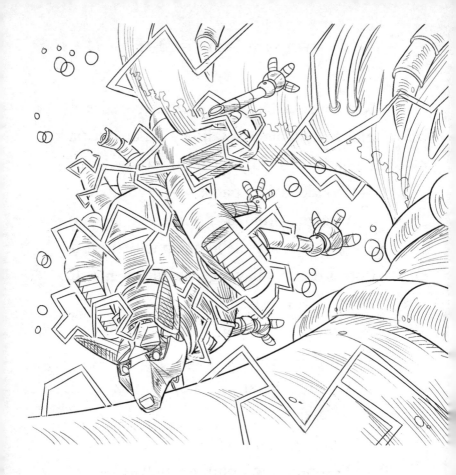

todo el cuerpo enroscado de la bestia y el perrobot. *Rivet* dio una sacudida, las patas le temblaron, y luego se alejó. Max quería ir hacia su perrobot, pero no podía dejar a Lia.

—¡Silda es una anguila eléctrica! —gritó—. No te acerques a ella.

Rivet estaba haciendo unos sonidos extraños, zumbidos y silbidos metálicos. «Igual que cuando me equivoco al colocarle la placa de circuito», pensó Max.

Ahora entendía por qué las paredes eran metálicas. Si Silda las tocaba, se iban a electrocutar. La verdad es que no tenían otra escapatoria que luchar contra la criatura del Profesor.

Silda se desenroscó poco a poco y husmeó tras el rastro del aturdido perrobot. La bestia abrió la boca.

—¡No! —gritó Max. Nadando entre las fauces abiertas y el droide pescador, apuntó con el arma y disparó el arpón. Silda se deslizó hacia un lado mientras el misil cortaba el agua y un cable serpenteaba tras él. La afilada punta se hundió en el costado de la anguila y una intermitencia azul subió disparada por el cable hasta el brazo de Max, que sintió como si algo le hubiese agarrado la espina dorsal y lo hubiera arrancado del agua. Se sujetó con fuerza al arma mientras la corriente eléctrica lo recorría.

Max no podía sentir nada. Vio sus extremidades inertes flotando en el agua, pero cuando intentó moverlas no pudo. Poco a poco, empezó a sentir un hormigueo y unas punzadas por la piel. El arpón se le escapó de las manos. «Genial. Ahora ni siquiera tengo un arma», pensó.

—¿Estás bien? —le preguntó Lia al llegar a su lado.

Max se las arregló para asentir con la cabeza. Lia lo alejó de la boca de la anguila.

—¡Pensé que estabas muerto! —exclamó.

—Y yo también —asintió Max.

Por suerte, parecía que *Rivet* se había recuperado. Estaba ladrando enfurecido delante de la cabeza de la anguila, justo a la distancia suficiente para quedar fuera de su alcance.

Max se esforzaba por mantenerse erguido en el agua.

—Tenemos que quitarle ese arnés —le dijo a Lia—. El Profesor controla a la bestia a través de él.

Pero en el momento en que lo señalaba, vio más destellos de luz azul chisporroteando. «No la pienso tocar ni en broma», se dijo.

—¿Cómo se supone que vamos a desactivar el arnés si ni siquiera podemos tocarlo? —preguntó Lia.

La cámara del ojo rojo de Silda giró para enfocarlo.

—Oh, oh —dijo Max.

Con el rabillo del ojo vio la cola blanca de la anguila que se arqueaba en el agua. Casi sin pensarlo, empujó a Lia hacia atrás. Esta soltó

un chillido de sorpresa mientras caía, y la cola se estrelló contra él. La corriente eléctrica le recorrió las extremidades. Notó como si le hubieran arrancado el esqueleto mientras la aquafiera lo lanzaba por el agua hacia la pared exterior. Entonces chocó contra el metal y otra sacudida eléctrica lo hizo estremecer hasta los huesos.

Max se deslizó por el agua con cada uno de los nervios crispado, incapaz de moverse.

«Tuve suerte con la otra aquafiera —pensó—, pero esta vez será mi final...»

La enorme cabeza de Silda se alzó en el agua para encararse a él. La anguila entreabrió la boca en lo que parecía una horrible sonrisa.

—Esta vez has encontrado a tu rival, ¿verdad? —se mofó el Profesor—. Apuesto a que ahora desearías haberte quedado en tu ciudad-isla.

CAPÍTULO SIETE

ESPIRAL ASESINA

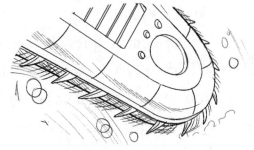

—¡Déjalo tranquilo! —gritó Lia.

Max consiguió girar la cabeza y vio a su amiga merryn montada sobre *Spike*. Llevaba fuertemente agarrada la lanza de perlas.

—No acato órdenes de un pez —replicó el Profesor.

Las mandíbulas de Silda se abrieron y Max se quedó mirando los dientes puntiagudos y el interior de la negra garganta. Deseó que la muerte fuera rápida. Entonces, la cabeza de la anguila empezó a sacudirse de un lado a otro.

—¿Qué...? —jadeó el Profesor—. ¿Cómo...?

Todavía demasiado débil para moverse, Max vio la lanza de perlas que sobresalía por el costado de Silda. El ojo rojo miraba aquí y allá intentando ver qué estaba pasando.

«¡Pues claro! —pensó Max—. La lanza de Lia no está hecha de metal, así que no puede pasarle la corriente.»

El cuerpo de la anguila se retorcía y temblaba. Por fin, los ojos negros y brillantes vieron la lanza. Silda la agarró con la boca y la arrojó al otro lado de la gruta.

La cabeza de la robobestia se giró de golpe para encararse a Lia y a su pez espada. Ella intentó huir, pero Silda se movió rápido para bloquear el camino con la cola. Max miraba deseando poder moverse mientras la bestia, poco a poco, rodeaba a Lia con su largo y musculoso cuerpo. Ella se movía hacia delante y hacia atrás, incapaz de escapar y temerosa de tocar la eléctrica carne mortal de la anguila.

«Pero ¿por qué Silda no se está acercando más para matarla? —pensó Max aturdido—. Podría electrocutarla en cualquier momento.»

El cuerpo de Max estaba recobrando la sensibilidad, pero sabía que todavía no podía nadar hacia ninguna parte. Sentía los brazos y las piernas como si fueran de gelatina.

El compartimento del arnés del cuello de Silda volvió a abrirse y otro brazo robótico se extendió en dirección a Lia. En la punta tenía una motosierra de afilados dientes metálicos.

—Hace mucho tiempo que no destripo a un pez —dijo el Profesor—. Esto va a ser divertido.

La sierra empezó a girar hasta que la cuchilla se convirtió en un borrón. Lia gritó.

Max se estremeció. Tenía que moverse. No podía dejar morir a su amiga. Ella le había salvado la vida tres veces. ¿Qué había hecho él por ella aparte de conducirla hasta esa trampa mortal? El brazo metálico se exten-

dió desde la cabeza de Silda directamente hacia Lia.

«¡Moveos, piernas!», rogó para sí Max.

El pie izquierdo se movió y sintió una cálida sensación de circulación. Luego le siguió el pie derecho.

«¡Moveos, brazos!»

Se las arregló para ahuecar las manos y se impulsó. Las espirales de Silda se movieron para dejar pasar la motosierra. Lia gritó más fuerte.

Max se le acercó nadando, sintiéndose cada vez más fuerte. Vio un espacio entre las espirales en movimiento. Lia no lo había visto... Sus ojos estaban fijos en la sierra chirriante.

Max llegó hasta el hueco. La piel viscosa de la anguila crepitaba con fuerza y eso hacía que a Max se le erizaran los pelos de los brazos. Vio el pie de Lia al otro lado y llegó hasta él. La sierra zumbó al lado de su cabeza y la merryn se echó hacia atrás cerrando los ojos.

Max la agarró por el tobillo y tiró de ella, impulsándose al mismo tiempo con las piernas hacia atrás. Lia salió disparada a través del hueco con *Spike* detrás justo cuando la sierra descendía. Mordió la pared de metal, que soltó unas chispas azules y llenó los oídos de Max de un horrible chirrido.

Lia abrió los ojos y lo vio.

—¿Cómo lo has...?

—Eso no importa —la interrumpió él—. ¿Dónde está tu lanza?

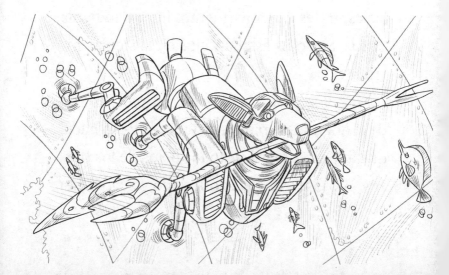

Lia buscó a su alrededor y señaló al suelo de la gruta.

—¡Allí!

Max también la vio.

—¡*Rivet!* —gritó—. ¡Traer!

El perrobot salió disparado hacia las profundidades. Mientras llevaba la lanza hacia Max, Silda tiraba de la sierra para soltarla de la pared de la gruta. Los dientes habían abierto un horrible tajo en el metal.

—La lanza es lo único que puede tocar a Silda —dijo Max.

—Pero apenas fue un pinchazo la última vez.

Max cogió la lanza de la boca de *Rivet*. Era tan ligera como un pedazo de madera flotante.

—No voy a apuñalar a la bestia con esto. Tengo una idea mejor.

La cabeza de la anguila eléctrica se precipitó hacia ellos.

—¡Dispersémonos! —gritó Lia.

Mientras la robobestia se dirigía hacia ellos con la sierra eléctrica zumbando, se dispersaron en direcciones opuestas. Silda fue a por el objetivo más cercano: el perrobot. La sierra se acercó a su hocico. Con un ladrido, *Rivet* salió disparado fuera de su alcance, más allá de las espirales retorcidas. La aquafiera trató de seguirlo, pero se enredó con su propia cola serpenteante.

Max nadó hacia el cuello de Silda y colocó la lanza en los pasadores del arnés. Plantó sus botas de goma en la piel resbaladiza de la anguila e intentó mover la lanza hacia delante y hacia atrás. Pero era muy complicado, tanto como intentar teclear en un panel de control con una caña de pescar. Y cada vez que conseguía colocar la punta de la lanza en posición, Silda se sacudía salvajemente y la liberaba. La robobestia persiguió a *Rivet* por el agua con la motosierra zumbando cada vez más cerca de la agitada cola del perrobot. Max tuvo que agacharse cuando una espiral pasó justo sobre él, pero siguió dedicado a su tarea.

—¡Vigila! —gritó Lia.

Max lanzó una mirada hacia atrás y vio que la pared de la gruta se acercaba. Si no salía de un salto lo iba a freír hasta quedar crujiente. «Y si no me deshago de este arnés, a *Rivet* lo van a cortar por la mitad.»

Metió la lanza bajo el agarradero del arnés y colocó las piernas en dirección a la pared. Sus suelas de goma chocaron contra el metal. Max hizo fuerza con las piernas pero Silda lo estaba empujando. Las rodillas se le doblaron cuando intentaba evitar que su cuerpo tocara el recubrimiento metálico. Agarró la lanza y siguió insistiendo con los pasadores del arnés. Los muslos le ardían. Se dio cuenta de que el Profesor se había olvidado de *Rivet*. Toda su energía estaba focalizada en acabar con Max, aplastarlo o electrocutarlo. O las dos cosas. La fuerza de sus piernas estaba disminuyendo y el arnés ni se movía.

«Voy a morir aquí, como mamá. Como papá.»

Max estaba exhausto. Cerró los ojos, apretó los dientes y esperó a que llegara la terrible sacudida.

CAPÍTULO OCHO

LAS CUEVAS NEGRAS

Clic.

La presión aflojó y Max abrió los ojos.

Todavía estaba sujetando la lanza, pero los pasadores de metal estaban abiertos y el arnés se había medio desprendido chisporroteando del cuerpo de Silda.

—¡No! —chilló la voz del Profesor—. ¡No, no, no! No puede ser... ¡Atácalos! ¡Mata...!

Los gritos se apagaron en un lloriqueo hasta que dejaron de oírse. La anguila gigante

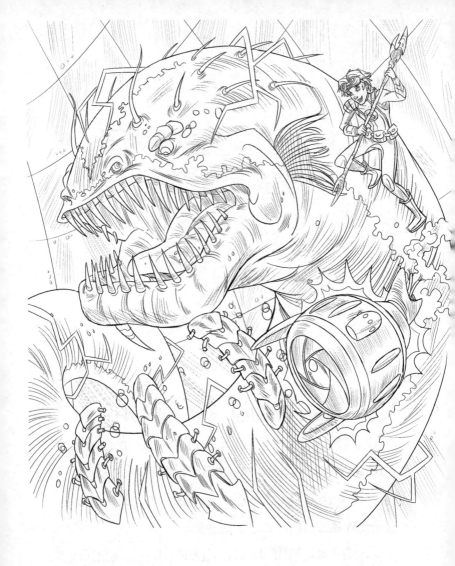

giró la cabeza para mirar al equipamiento
robótico que había caído hacia el fondo de la
gruta metálica.

«¡Lo conseguí!», pensó Max mientras se separaba de la pared.

Silda olisqueó el agua hasta que su cabeza estuvo cerca de Max. Él sujetaba la lanza sin hacer fuerza, solo por si acaso; algo le decía que la anguila ya no era un peligro. Sus ojos negros brillaban y ahora parecían vivos, llenos de inteligencia y bondad.

—Tú no eres tan fiera en absoluto, ¿verdad? —dijo Max bajando la lanza.

Al cabo de dos lentos parpadeos, la anguila se removió, libre del control del Profesor. Max sintió el tirón de la estela de las poderosas espirales al pasar junto a él. Sin mirar atrás, Silda entró en el túnel y desapareció en el laberinto.

El ladrido juguetón de *Rivet* llevó de nuevo la atención de Max hacia la gruta. El perrobot estaba olisqueando el arnés y tiraba de algo con los dientes.

—¡La siguiente pieza de la calavera de Thallos! —exclamó Lia deslizándose por delante de *Spike*. Max cogió su brazo extendido y sintió que lo arrastraba.

Fueron despacio hasta detenerse delante de *Rivet*, y Max ayudó al droide pescador a sacar el trozo de hueso del arnés. Era la parte de arriba de la calavera (dos cuencas de forma ovalada, lo suficientemente amplias para que cupieran las manos, debajo de un pesado arco de hueso). La sujetó y sintió el extraño poder que latía en su superficie. Lia le dio un suave puñetazo en el brazo.

—Así que las armas de los merryn son completamente inútiles, ¿verdad? —dijo.

—Solo si no sabes cómo usarlas —repuso Max sonriendo.

Lia volvió a darle un puñetazo. Esta vez un poco más fuerte, pensó él.

Guardó la pieza de la calavera en el compartimento del lomo de *Rivet* y juntos nadaron hacia el túnel.

—Deberíamos descansar un poco —dijo Lia—. Hemos sufrido unos cuantos golpes.

—Ya puedes decirlo —respondió Max. Pero la curiosidad pudo con él—. Quiero comprobar primer el submarino del Profesor —dijo—. Puede que allí encontremos alguna pista de dónde tiene encerrado a mi padre.

La chica merryn asintió.

—Buena idea. Vayamos a echar un vistazo.

Las nubes de tinta amarilla del girasol todavía estaban suspendidas en el agua para guiarlos.

Max se sujetó en la cola de *Rivet* mientras los cuatro amigos avanzaban por los sinuosos túneles. Al final, emergieron en la gruta donde descansaba la nave sobre el fondo marino. Cuando llegaron hasta ella, Max pudo ver a los pargos todavía dando vueltas dentro. De los restos que flotaban en el interior del submarino, parecía que habían engullido la mayor parte. Golpeó con la mano el ojo de buey.

—¡No! Si había alguna pista, a estas alturas deben de haberla hecho desaparecer.

Lia le puso la mano en el hombro.

—Quizá no. Puede que haya quedado algo.

Un pargo pasó deslizándose por delante del ojo de buey y los miró.

—Incluso aunque hubiera alguna —replicó Max—, no podemos entrar. ¡Estos peces están más rabiosos que nunca!

Lia golpeó con sus pies aletas el costado del submarino.

—Quizá no podemos entrar todos, pero *Rivet* sí que puede. Es de metal.

El perrobot retrocedió con un gemido.

—¡Dentro no, Max! —ladró. La cola se le metió entre los propulsores de sus patas traseras.

Max le hizo señas para que se acercara.

—Ponte patas arriba, colega.

Rivet se dio la vuelta lentamente. Max soltó la trampilla de la panza del perrobot y quedaron a la vista varios cables y placas de circuitos impermeables.

—Sé cómo podemos mantener a raya a esos pargos —apuntó. Cambió alguno de los cables de fibra óptica y desactivó uno de los circuitos; luego cerró la trampilla—. Ahora —dijo mientras *Rivet* se daba la vuelta— necesito que consigas la CPU del submarino.

Rivet asintió y soltó un ladrido corto.

—¿Qué le has hecho? —preguntó Lia.

—Ya lo verás —respondió Max mientras abría la compuerta húmeda.

—¿Y qué es una CPU? —insistió Lia.

—Mira —le dijo él.

El perrobot se abrió paso pataleando. Max selló la escotilla y *Rivet* presionó el botón de seguridad interno con la pata. La compuerta se abrió y *Rivet* nadó hacia el compartimento principal de la nave. Los pargos se lanzaron sobre él con las mandíbulas abiertas. Pero cuando el primero lo mordió, unas chispas azules salieron disparadas del cuerpo de *Rivet* y se propagaron por las escamas del pez. El pargo se retiró. Otra andanada de chispas azules hizo que los otros dos también se alejaran.

—¡Lo has electrocutado! —exclamó Lia.

Max rio.

—Exacto. Como a Silda. Invertí un par de circuitos y desconecté los aisladores. No lo toquéis hasta que los invierta otra vez.

Lia sonrió, y a través del ojo de buey vieron a *Rivet* pasar por la consola del control cen-

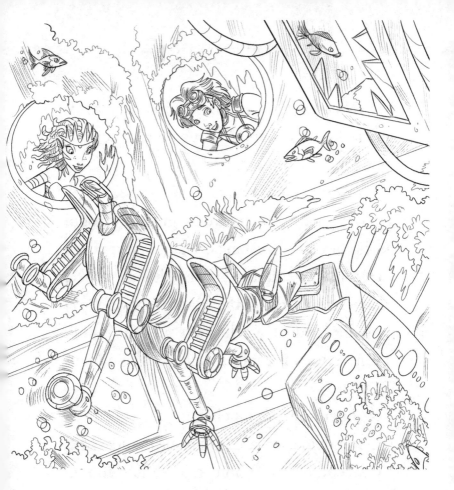

tral. El perrobot arrancó un panel de la pared
y sacó una caja de metal con los dientes.

—Todas las naves tienen una CPU —dijo
Max—. Es el ordenador principal del submarino y contiene la información más importante.

—No está mal para un respirador —reconoció Lia—. Esperemos que pueda decirnos qué está tramando el Profesor.

«Y dónde está mi padre», pensó Max.

Los pargos no intentaron seguir al perrobot hacia la cámara estanca. Habían aprendido la lección y se mantenían alejados en la parte más extrema del submarino. Cuando *Rivet* emergió, se dio la vuelta para que Max pudiera invertirle los cables. Max le acarició la cabeza.

—Buen trabajo, muchacho.

Rivet dejó caer la CPU en sus manos. Max la encendió y un piloto rojo se iluminó en uno de los lados.

—No tiene batería —dijo Max—. Esos pargos deben de haberla estropeado. O quizá es que es muy vieja.

Lo intentó con inseguridad. En la parte frontal de la caja se iluminó una pantalla verde y mostró una imagen entrecortada que aparecía y desaparecía.

—¿Estropeada por el agua? —preguntó Lia.

Max asintió. Empezó a hurgar entre los datos. Se trataba sobre todo de ingeniería y navegación.

—Aburrido... aburrido... —masculló él—. Un momento. ¿Qué es esto?

Había encontrado unas líneas de código escondidas en un documento sobre la monitorización de la presión del agua. Lo abrió y una imagen que parpadeaba mostró lo que parecía un mapa de carreteras. Lo hizo rotar en tres dimensiones, y Max se dio cuenta de que en realidad no se trataba de carreteras, sino de una red de vías de paso y áreas abiertas más grandes. El texto en la parte inferior de la pantalla decía: LAS CUEVAS NEGRAS.

—Nunca he oído hablar de ellas —dijo Lia, inclinándose sobre su hombro.

Max presionó una tecla de la CPU para pasar a la siguiente pantalla. Esta se quedó negra. Presionó la tecla de nuevo pero no pasó nada. La apagó y la encendió otra vez. Nada.

—¡Se ha muerto! —dijo. La sacudió, pero no consiguió nada.

—Quizá es en estas cuevas donde el Profesor tiene retenido a tu padre —dijo Lia con esperanza.

Max dejó caer la CPU sobre los fragmentos de coral.

—Quizá —asintió—. De todos modos, es la única pista que tenemos.

CAPÍTULO NUEVE

DENTRO DE LA CONCHA

*R*ivet acarició el brazo de Max con el hocico.

—Tienes que ser fuerte, Max —dijo Lia—. Si seguimos al Profesor, encontraremos a tu padre. —Rebuscó en su bolsa de red—. Toma, esto hará que te sientas mejor. —Sacó un pedazo de tortita de algas y se lo ofreció.

Max sonrió.

—No habría sido mi primera opción, pero gracias.

Nadaron hasta una roca al lado de la cueva y se sentaron uno al lado del otro. Max dio un bocado a la tortita y lo masticó a conciencia. El Profesor era un hombre malvado, pero no era estúpido. No mataba por el simple hecho de hacerlo, y mientras su padre le resultara útil estaría a salvo.

«Solo tengo que encontrarlo antes de que deje de serle útil...»

—Lo único que podemos hacer por ahora es seguir a la calavera —dijo—. El Profesor protegerá las dos últimas piezas con todas sus armas.

Se tragó el último trozo de la tortita de algas y llamó a *Rivet*. Abrió el compartimento de almacenaje del perrobot y sacó las dos piezas de la calavera.

—¿Y ahora qué? —preguntó.

Lia se las cogió y juntó las dos partes haciendo coincidir los extremos rotos. El res-

plandor de una luz azul hizo que Max se cubriera los ojos, pero enseguida se desvaneció.

Cuando volvió a mirar, los fragmentos de la calavera se habían convertido en uno solo, se habían fusionado sin mostrar siquiera una pequeña marca que indicara que hubieran estado separados. La larga mandíbula sobresalía por debajo de la frente poderosa. Todavía había un agujero en medio del rostro y los extremos de la parte superior estaban rotos.

—Thallos debe de haber sido una criatura bastante rara —dijo Max.

Lia frunció el ceño un instante, pero la sonrisa regresó enseguida a su rostro. El débil resplandor azul pareció brillar en su piel por un segundo.

—Puedo sentirlo —dijo—. El poder está regresando.

Max también pudo sentir algo, como si el agua que los rodeaba estuviera llena de vida. Incluso *Spike* se había quedado mirando, como si estuviera hipnotizado por la calavera.

—Cuéntame más cosas sobre Thallos —le pidió Max.

Lia deslizó las manos por el suave hueso.

—Tenemos todo tipo de leyendas, pero nadie sabe demasiado, en realidad. Era una criatura antigua, poderosa. Al principio los merryn eran nómadas (viajaban por los mares en tribus), pero la calavera hizo que se juntaran. Por el hecho de vivir cerca de ella desarrollamos nuestros poderes.

Max pensó en todo lo que había aprendido desde que se encontraba allí. Antes de que el Profesor los atacara, los merryn tenían el poder de controlar los mares. Sin usar barreras, ni muros, ni tecnología moderna como los humanos de Aquora City, sino con el poder de sus mentes. Podían comunicarse con cualquier criatura viviente bajo las olas y vivían en paz.

El Profesor arruinó este estado de cosas

cuando cogió la calavera y la rompió. Aunque ahora Max tenía branquias, todavía se sentía un poco avergonzado por ser humano, por ser un respirador. Sabía que haría todo lo que estuviera en su poder para ayudar a recuperar el resto de las piezas de la calavera. Lia la soltó y esta regresó al agua, dirigiéndolos lejos de los arrecifes de coral.

—Vamos a buscar la moto acuática —dijo Max—. No puedo seguir haciendo que *Rivet* me lleve.

Salieron nadando de la cueva por el estrecho pasadizo y encontraron la moto flotando allí donde la habían dejado. Un pequeño pulpo se había enredado en el manillar y se soltó perezosamente a medida que se acercaban. Max comprobó los mandos y el indicador de combustible.

—Debe de estar bien —dijo mientras se subía al sillín.

—Primero tenemos que descansar —apuntó Lia—. Hay un océano inmenso allí fuera, lleno de peligros.

Max abrió la boca para oponerse, pero una ola de cansancio lo invadió. No había dormido desde que dejó su cama en el piso 523 de la torre Alfa Cuatro (el lugar al que antes llamaba «casa»).

—Tienes razón —dijo—. Pero debemos refugiarnos en algún sitio para dormir. El Profesor podría enviarnos a una de sus criaturas para capturarnos.

—Tengo la solución —le aseguró Lia—. Sígueme.

Max preparó la moto para el camino y viajaron hacia el fondo marino. Una frondosa alfombra de algas se ondulaba en la suave corriente. Lia iba examinando el camino por delante y se dirigió hacia la izquierda. Había una pequeña cueva en la base del coral, y en su interior dos gigantescas conchas descansaban a cada lado. Eran tan grandes como un transportador de Aquora. Los contornos blancos de las conchas tenían forma curva y eran perfectamente lisos con motas de color rosa.

—¿Vive alguien aquí? —preguntó Max.

Lia negó con la cabeza.

—Ya no.

Lia se bajó de *Spike* y se metió por la abertura de una de las conchas.

—Quédate vigilando, *Rivet* —dijo Max, y aparcó la moto acuática al lado de la concha e hizo lo mismo que ella. La superficie se sentía extrañamente cálida y suave, lo que la convertía en una cama perfecta.

Al poco rato oyó el rumor suave de la respiración de Lia. *Spike* estaba recostado al lado de la merryn con los ojos medio cerrados. Max sabía que él se dormiría pronto, pero dentro de su cabeza seguían zumbando los pensamientos.

Una vez, hacía más o menos un año, se había detenido a mirar con su padre los barcos de pesca que llegaban al muelle de Aquora. Uno de los pescadores, un anciano con la barba blanca y profundas arrugas que le

atravesaban el rostro, les había enseñado una concha que había atrapado con sus redes. Se parecía a esta en la que ahora estaba tumbado, pero más pequeña, un poco más grande que un puño cerrado.

—Aquí tienes, Callum —había dicho el pescador lanzándole la concha a su padre—. Un regalo para tu chico.

El padre de Max había agarrado la concha al vuelo.

—Cierra los ojos —le dijo entonces.

Max hizo lo que le pedían y sintió la fría concha contra la oreja. Al momento oyó el sonido resonante de un remolino, como el de las olas que chocan azotadas por los vientos.

—¿Puedes oírlo? —le había preguntado su padre—. ¿El sonido del mar?

Max sonrió al recordarlo. Pensó que era magia, esos vientos aulladores y el rumor del agua atrapada en una diminuta concha.

Se recostó en su cama de concha para ponerse más cómodo y escuchó los sonidos del mar que lo rodeaba. *Rivet* estaba acostado sobre la arena del fondo marino, con las orejas erguidas y los ojos vigilantes ligeramente rojos. Más allá de donde se encontraba, una nube de peces plateados bailaba en la corriente como un millar de monedas giratorias. Una bandada de medusas se balanceaba en las profundidades arrastrando sus cuerpos fluorescentes.

—Voy por ti, papá —susurró.

Solo deseaba que su padre pudiera oírlo.

En la próxima aventura de AQUAFIERAS,
Max deberá enfrentarse a

MANAK,
EL DEPREDADOR SILENCIOSO

Lee aquí un fragmento en exclusiva:

Max estaba en los muelles de la poderosa ciudad de Aquora. Su madre le tenía cogida la mano izquierda; su padre, la derecha. Su madre llevaba un mono de ingeniero verde pálido y una ligera brisa removía su largo cabello rojizo. El padre de Max era alto y se le veía orgulloso con su uniforme negro de Ingeniero Jefe de Defensa. Era un día cálido y soleado, y la luz del sol relucía sobre las olas del océano.

«No puedo creer que esté de vuelta con mamá y papá otra vez —pensó Max—. ¡Estaba convencido de que los había perdido para siempre!» Sonrió a su madre. Ella le devolvió la sonrisa y le apretó la mano.

—¿Adónde habías ido? —le preguntó—. ¿Por qué habéis estado fuera durante tanto tiempo?

—Nunca me fui, Max —respondió ella—. Siempre he estado contigo.

Max se volvió hacia su padre.

—¿Cómo te escapaste? Te habían capturado... secuestrado.

Su padre negó con la cabeza.

—Eso no ha sucedido nunca. Debes de haberlo soñado.

Max sintió que el suelo bajo sus pies temblaba. Miró hacia abajo y vio que la cubierta se estaba partiendo. Una enorme brecha se abrió entre él y su madre y se ensanchó muy rápido. Sus manos se soltaron cuando se separaron el uno del otro.

—¡Mamá!

Otra grieta apareció entre él y su padre. Los dos le tendían la mano, pero el suelo donde él seguía de pie se estaba alejando.

Entonces oyó el crujido de la mampostería derrumbándose. Pedazos de acero, cristal y cemento fueron a parar al mar provocando enormes salpicaduras. Aquora se estaba partiendo. Sus padres cayeron al agua y desaparecieron bajo las olas.

—¡No! —gritó. Se quedó en una plataforma flotante. Esta se balanceó y volcó. Y entonces él también se precipitó de cabeza al océano.

Max se sumergió bajo las olas. En el agua oscura y helada vio el rostro gigante de un hombre con el pelo gris muy corto, de ojos penetrantes y vivos, y una boca cruel y sonriente. «Conozco esa cara —pensó—. Conozco a ese hombre, pero... ¿quién es?»

¡Consigue la camiseta exclusiva de
BUSCAFIERAS y AQUAFIERAS!

Solo tienes que rellenar cuatro formularios como los que encontrarás al pie de esta página de cuatro títulos distintos de la colección Buscafieras y/o Aquafieras. Promoción válida hasta agotar existencias.

Nombre del niño/niña: ....

Dirección: ....

Población: ....

Código postal: ....

Email: ....

☐ Autorizo a mi hijo/hija a participar en esta promoción.

☐ Autorizo a Editorial Planeta, S.A.U. a enviar información a mi hijo/a
sobre sus libros y/o promociones.

Nombre del padre/madre/tutor: ....

DNI del padre/madre/tutor: ....

☐ Autorizo a Editorial Planeta, S.A.U. a remitirme información sobre sus
publicaciones y ofertas comerciales.

AQUAFIERAS
N.º 2
PRUEBA DE
COMPRA